L'enfant panthère

La légende des mondes

Collection dirigée par Isabelle Cadoré, Denis Rolland, Joëlle et Marcelle Chassin

Dernières parutions

Missoule ARESTOR, *Contes rêvés de Guyane*, 2019.

Ch'aska Eugenia Anka NINAWAMAN, *Oiseaux rares et galanteries, Contes quechuas ; Wallukuq munakuq pisquchakunamanta, Runa simipi willanakuykuna, Pajaros falantes y enamorados, Cuentos quechuas*, Traduit de l'espagnol en français par Claire Lamorlette, ouvrage trilingue français – quechua – espagnol, 2019.

Lamia BAESHEN, Abou EL Leif, *la fille de l'ogre, Contes populaires d'Arabie saoudite*, Traduit de l'arabe par Kadria Awad, 2019.

Claudy LEONARDI, *Le prince Dragos, Contes au fil du Danube*, 2019.

Claudy LEONARDI, *Le songe du roi, Contes de la grande steppe*, 2019.

Denis RAMSEYER, *Le serpent et l'enfant gâté, Contes kouya de Côte d'Ivoire*, 2019.

Estelle YVEN, *Les chamans-jaguars, Récit inspiré par les mythes et les symboles amérindiens*, 2019.

Jamal ABARROU, *Lila et Amar, Contes berbères du Rif de la tribu d'Ayt Waryagher*, 2018.

Jacqueline HEISSAT, *Copihue, la fleur rouge sang, Contes et légendes d'Araucanie*, 2017.

Paschal Siekyoghrkure KYOORE, *Contes et légendes dagara, Afrique de l'Ouest*, 2017.

Maguy BUSSONNIÈRE et Geneviève HOCQUARD, *Amancay et Wayra, Légendes des Andes*, 2017.

Lukaya Zu

L'enfant panthère

Contes nsundi

République du Congo

© L'Harmattan, 2020

**5-7, rue de l'École-Polytechnique
75005 Paris**

www.editions-harmattan.fr

ISBN : 978-2-343-19935-1
EAN : 9782343199351

*À Nzambi a Mpungu Tulendo,
quelle que soit la couleur
du son qui résonne en moi,
tu demeures sa source.*

*Aux Lukaya, Nolhian, Marquez,
Gédéo, Neniva et Sivika,
que ces pages de ma mémoire
vous parlent toujours de moi.*

*À Justine Sawadogo,
du fond de là-bas
touche l'existence de ces mots.*

*À Nollaut Louscency,
image et souffle
de l'amour parfait.*

Présentation
du peuple nsundi

Historiquement, les Nsundi appartiennent au Royaume kongo. C'est un peuple, mais aussi un clan. Ils sont présents en République du Congo (Congo-Brazzaville) et en République démocratique du Congo (Congo-Kinshasa).

À l'origine, Nsundi serait une femme, témoin de la fondation du Royaume kongo, de qui sont issus tous les Nsundi actuels. C'est son nom qui sera donné à l'une des six provinces dudit royaume. C'était la seule province qui se situait à califourchon sur le fleuve Kongo. La province Nsundi était le domaine patrimonial « réservé » du roi.

Dans cette province donc, vivent les Bwende, Nsundi, Bembe, Dondo et les Kaamba, groupes ethniques dominants qui contribuèrent à l'édification de cette identité politique.

La province de Nsundi ne fut constituée qu'après la victoire de Ntinu-Wene sur les Bwende.

Après les nombreuses marches qui ont conduit le peuple Nsundi, pour différentes raisons, tout au long des siècles, en direction du Congo actuel, les Nsundi vont se stabiliser à l'intérieur de trois espaces administrativement définis : la Bouenza (au sud du district de Boko-Songho, notamment depuis Koungou-Benga jusqu'à la Louamba, en passant par des villages tels que : Mbengo, Midimba, Kiteka, Kitidi-Tounga, Manzau, Minga, Kabadissou, Nzangui, Ntoto Wola 1, Nkebassani, Kinzambi ou Tiferette, Manzakala, Bouaboua, Kingoma1, Kingoma 2, Nsoukou-Bouadi, Mbanza Kiniati/Lobouilou, Kissenga, Nsoni Zau, Ntoto Wola 2, Mbanza, etc.) ; dans la région du Niari (dans les districts de Londela-Kayes et de Kimongo) et dans la région du Pool (dans les districts de Louingui, Mayama et Kindamba).

Au XIXe siècle, les Bansundi (pluriel des Nsundi) se sont ainsi trouvés limités à l'est par les Batéké et les Ballali, à l'ouest par les Bakamba. Se heurtant au sud aux territoires bakongo, ils ont reflué vers l'ouest, vers l'Océan, et, passant derrière l'enclave portugaise de Cabinda, ils se sont étendus jusqu'aux derniers contreforts du Mayombe, au sud de Loudima.

Les Bansundi du Royaume kongo étaient de la caste des grands forgerons, ils travaillaient le fer.

Le symbole des Nsundi :
- Un long couteau : Mbele ya Lusimba.
- Le balai fétiche et magique : Kikomboso.

La devise des Nsundi :
« *Musundi wa mukakata ngombo*
Wa lala a yulu ntanga mata
Ka simbika dia bundzonzi
Ka simbika dia bunteru. »

Soit :
« Le seigneur nsundi revêtu de bravoure
Et de vaillance est comme un buffle
Il est couché sur un stock de fusils
Qu'il se lève et, tel un tonnerre, il gronde
Pour la plaidoirie, il n'a pas d'égal
Et pour la chasse nul ne possède son adresse. »

•

Papillon-tête-de-diable

•

Dans un royaume, habitait une femme nommée Bakula. Un jour, alors que l'aube pointait déjà à l'horizon, elle sortit de sa case pour se rendre aux champs.

    Au milieu de la journée, en cette saison sèche, le soleil brillait dans le ciel. Une chaleur insupportable desséchait les gorges. Terrassée par la soif, Bakula fit une pause. Elle alla s'asseoir au pied d'un arbre, son panier de provisions dans les bras. Elle mangea et but à satiété puis, rompue de fatigue, elle s'endormit. À son réveil, elle fut surprise de voir son corps couvert par une nuée de papillons. Effrayée, elle commença à courir dans tous les sens. Comme les papillons demeuraient collés à sa peau en sueur, elle tourbillonna dans l'espoir de les faire décoller un à un. Brusquement, elle poussa un cri aigu : elle venait de se faire piquer au nombril par un papillon qui était plus gros que les autres, avec des ailes aux taches rouge sang. Bakula perdit connaissance et s'effondra. Tout à coup, les papillons s'envolèrent et disparurent au milieu des fleurs sauvages qui coloraient la savane.

Plusieurs mois s'écoulèrent. Au village, Bakula n'avait rien changé à ses habitudes bien que, de temps en temps, surtout le soir, lorsqu'elle regagnait son lit, une angoisse insurmontable la submergeait. Que pouvaient-ils signifier, ces papillons aux couleurs bigarrées ? Elle avait beau se creuser la tête, elle ne réussissait pas à trouver une explication satisfaisante à ce phénomène étrange. Elle en avait peur. Si peur qu'elle resta cloîtrée pendant des mois.

Un jour, elle sentit quelque chose bouger dans son ventre. Elle le tâta sans comprendre ce que cela signifiait. Cela faisait dix ans qu'elle n'avait pas partagé son lit avec un homme !

Au bout de neuf mois et trois semaines, elle accoucha d'un garçon particulièrement étrange. Ce nouveau-né avait deux grosses ailes de papillon dans le dos, une tête aux yeux globuleux surmontés d'une broussaille de sourcils qui craquaient et se hérissaient dès qu'on y posait un doigt. Les gens du village le surnommèrent « Papillon-tête-de-diable ».

Les années qui suivirent cette naissance furent pénibles pour l'enfant et pour sa mère. Dès qu'ils passaient quelque part, une horde de gamins armés de cailloux et de bâtons les poursuivaient en leur hurlant des injures.

Une nuit, pendant que tout le village dormait, Bakula se rendit dans un petit buisson où elle avait, le matin même, creusé un trou. Elle y enterra l'enfant qu'elle avait étouffé à l'aide d'un vieux pagne, tout en surveillant les alentours. Puis, soulagée, sur la pointe des pieds, elle regagna sa maison et se coucha. Mais, là, elle sentit quelque chose remuer vigoureusement sous le drap. Intriguée, elle le tira très lentement et poussa un grand cri lorsqu'elle vit Papillon-tête-de-diable arborant un sourire narquois. Bakula courut vers la porte. Cependant, Papillon-tête-de-diable fut plus rapide. Il s'agrippa sur le dos de sa mère et lui dit :

— Puis-je savoir pourquoi tu veux me tuer ? Ne suis-je pas ton fils ?

Elle ne répondit pas, tremblant et pleurant à la fois.

Le temps passa. Un nouveau jour se fit. Le souverain du royaume où vivaient Bakula et son enfant avait une fille unique, atteinte d'une maladie incurable. Elle était devenue sourde-muette. Une nuit, à la grande tristesse de ses parents, elle mourut, aucun guérisseur n'ayant pu la sauver.

Trois semaines après son inhumation, Papillon-tête-de-diable pria sa mère de le conduire au palais. Devant son obstination, elle n'osa pas le contredire et l'emmena auprès du roi, qui les reçut séance tenante. Le monarque ne cacha pas son trouble à la vue de l'enfant dont on disait qu'il était porteur de malédictions terribles.

Papillon-tête-de-diable demanda d'être conduit sur la tombe de la princesse. Le roi, quelques membres de sa famille et une partie de son peuple l'accompagnèrent au cimetière. Une fois devant la sépulture, l'enfant se changea en chenille, une grosse chenille qui se mit à creuser sans répit jusque dans les profondeurs de la terre où reposait un cercueil en or massif.

Le roi prit Bakula à l'écart et la pressa de questions. Elle rassura le souverain en lui disant que son fils était détenteur de pouvoirs magiques. D'ailleurs, l'un des meilleurs sorciers du roi aurait confirmé ses propos.

La foule se mit à chanter un air sacré. L'enfant – ou, plutôt, la chenille – continuait de creuser. Au bout de quelques heures, il mit enfin la patte sur la dépouille de la princesse, laissant exhaler une puanteur insupportable. La foule se mit à tousser et la terre à trembler. Le cadavre de la princesse fut exhumé. Ensuite, Papillon-tête-de-diable régurgita un liquide gluant dans les narines de la morte qui, peu à peu, s'éloigna de l'univers des dormeurs éternels. Elle toussa. Puis ses yeux s'ouvrirent. Le roi en fut ébahi. Les chants et les percussions redoublèrent d'intensité lorsque la foule vit la jolie petite princesse poser ses pieds sur le sable frais, serrant la main de Papillon-tête-de-diable, qui venait de lui redonner vie.

Papillon-tête-de-diable, qui avait retrouvé sa forme d'origine, vola au-dessus de la foule avant de se poser sur les épaules de la princesse. Soudain, une pluie de fleurs flamboyantes se mit à tomber. Comme dans un songe, l'enfant de Bakula se métamorphosa en un beau jeune homme couvert d'or et de diamants, dégageant un doux parfum de jasmin.

Le roi, heureux, décida de marier sa fille à Papillon-tête-de-diable.

Le lendemain, Bakula et son fils s'installèrent, à la demande du monarque, au palais.

Le chat, la souris et le prince

Entre deux montagnes, un chat nommé Tâta-chat avait fait bâtir un somptueux palais de marbre, dans lequel il habitait avec son fils Wayi.

Tâta-chat était plus riche que tous les humains, et même tous les animaux, de son royaume. Cependant, malgré son immense richesse, il devait à la reine du royaume d'Épines une somme colossale.

— Je reviendrai demain, au milieu de la nuit. Tâche de préparer l'intégralité de ce que tu me dois sinon, tu seras mon esclave.

Ainsi avait parlé la reine d'Épines lors de sa dernière visite...

Se sachant incapable de régler cette dette et connaissant le caractère impitoyable de la reine d'Épines, le lendemain soir, Tâta-chat dit à son fils :

— As-tu vu la dame qui était là hier ?

— Oui, papa. C'est la reine d'Épines, répondit le petit félin.

— Je lui dois une somme que je ne pourrai pas lui rembourser. Elle reviendra demain. Je risque ma vie si jamais elle repart bredouille. C'est pourquoi j'ai pensé te léguer mes biens et ceux laissés par ta défunte mère.

Ayant dit cela, Tâta-chat entra dans sa chambre puis en ressortit avec une boule d'or.

— Vois-tu cette boule, mon fils ?

— Oui, papa. C'est de l'or.

— Elle constitue les trois quarts de ton héritage. Sois prudent. Surtout, prends-en bien soin.

Après cela, le père chat se retira à nouveau dans ses appartements jusqu'au moment où le coq se mit à claironner pour annoncer le lever du jour. La reine d'Épines avait tenu sa promesse et était venue au milieu de la nuit... Tâta-chat avait vainement essayé de se dérober.

Le temps avait passé. Wayi, le chaton était devenu un grand félin. Un matin, il reçut la visite inattendue de Tutu-la-souris. C'était une amie d'enfance.

Les griots disent qu'à une époque lointaine, dans le royaume des forêts primitives, la souris et le chat avaient des ancêtres communs.

— J'ai fait un rêve épouvantable, dit la souris.

— Comment était-il ? questionna le chat, intrigué.

— Triste, très triste. L'émotion était telle qu'il m'a été impossible de fermer l'œil de toute la nuit.

— Veux-tu me le raconter ?

— C'est inimaginable. Une malédiction en forme de flamme s'était abattue sur notre royaume. Le feu consumait tout sur son passage. Je ne saurais te dire le nombre de morts. Le pire est que tu figurais parmi eux...

— Qu'est-ce que cela signifie ?

— Mon ami, un malheur nous guette. Il nous faut partir d'ici avant que ce rêve ne nous rattrape.

— Pourquoi partir ? Je ne peux pas abandonner mon héritage et la mémoire de mes parents. Mes racines sont ici !

— Elles sont avec toi, tes racines. Tu sais, parfois, dans certaines circonstances, il faut savoir abandonner ses traditions. Je vais m'en aller. Je dois traverser le fleuve Luzuri demain, avant les premiers rayons du soleil.

Après le départ de son amie, Wayi plongea dans une profonde réflexion. C'était tout décidé : il ferait route commune avec la souris.

Le lendemain, dès l'aube, nos deux amis commencèrent leur voyage. Wayi avait tout abandonné, excepté sa boule d'or.

Ils marchèrent pendant trois jours et trois nuits. Au quatrième jour, à la tombée de la nuit, ils arrivèrent dans un royaume étranger. Ils n'y connaissaient personne et personne ne les connaissait. Ils allèrent donc solliciter l'hospitalité royale. Le monarque leur ouvrit sa porte. On leur offrit à boire, à manger, à dormir. Le vin et la nourriture étaient délicieux et la chambre à coucher douillette.

Tandis que l'obscurité plongeait le royaume dans un profond sommeil, Tutu-la-souris sortit de la chambre et traversa un long et sombre couloir bordé de portes en bois. Curieuse, elle ouvrit, une à une, les portes. Elle s'arrêta soudain. Une petite voix venait de jaillir de l'une des pièces. Elle colla son oreille contre le battant : le prince et sa fiancée discutaient.

— Oui, je t'épouserai volontiers. Mais à condition que tu nous offres, à ma mère et à moi, des bijoux en or, disait la fiancée au prince.

— Voilà bien des lunes que tu me réclames de l'or ! Où en trouverai-je ? Nous n'en avons pas dans ce royaume, tu le sais bien !

— Dans ce cas, j'épouserai un autre homme, répliqua la fiancée.

Le prince s'effondra dans un bain de larmes. Tutu-la-souris qui n'avait rien perdu de la querelle, regagna joyeusement ses quartiers. Le lendemain, tôt le matin, elle alla voir le prince. À ce moment-là, Wayi dormait encore.

— Le prince serait-il disposé à me recevoir ? demanda, d'une voix flatteuse, Tutu-la-souris.

— À quel sujet ? s'enquit le prince.

— Mon cher prince... Tutu-la-souris a quelque chose d'une grande importance à vous dire. En effet, un de mes ancêtres est venu cette nuit me parler de votre mariage. Dans ce songe, la route qui vous y conduisait était semée d'embûches. Elle était traversée par un fleuve aux eaux d'or : votre fiancée se tenait sur la rive droite, tandis que Monseigneur se trouvait sur celle de gauche.

— Peux-tu me traduire cette vision ?

— Votre future épouse vous demande une chose que vous ne pouvez pas lui offrir.

— Quelle chose ?
— De l'or. Mais je crois que l'on n'en trouve point par ici ?
— Oui, hélas...
— Pourtant, il y en a dans ce palais.
— Serais-tu folle ?
— Un peu de patience et je vous l'apporterai.
— Je ne vous croirai que lorsque je l'aurai touché.

Tutu-la-souris s'éclipsa derrière la porte. Après avoir parcouru un long couloir, elle disparut. Elle revint quelques minutes plus tard et, avec elle, une boule d'or qu'elle remit au prince. Son Altesse royale eut toutes les peines du monde à dissimuler sa joie. Il courut vite annoncer la nouvelle à sa fiancée. La jeune femme n'en revenait pas. Elle étreignit la petite boule contre sa poitrine tout en pleurant de joie et en criant sans cesse :

— Je t'aime !

Bien plus tard, ivre d'amour et de joie, le prince retrouva Tutu-la-souris et dit :

— Dis-moi, très chère amie, ce que je te dois.
— Pas grand-chose, Monseigneur : deux sacs de cacahuètes, et rien de plus !

Le prince fut grandement surpris. Deux sacs de cacahuètes en échange d'une boule d'or ! Il eut beau insister, étant prêt à lui donner la moitié de sa richesse, mais Tutu-la-souris préféra se contenter de ces deux sacs. Sa préoccupation était plutôt de quitter le palais avant le réveil de Wayi. Seulement, à son grand regret, les choses ne se passèrent pas comme prévu. En effet, alors qu'elle retournait sur la pointe des pieds vers sa chambre afin d'y récupérer discrètement ses affaires, elle se trouva nez à nez avec Wayi :

— N'as-tu pas vu ma boule ? demanda le félin.

— Non. Mais elle doit bien être quelque part.

— Elle était dans mon sac. J'ai fouillé toute la chambre, mais je n'ai rien trouvé.

— Quelqu'un a dû entrer ici, cette nuit, à notre insu.

— Impossible, la porte était verrouillée à double tour.

Wayi ne manqua pas d'accuser son amie. Celle-ci nia tout en bloc. La discussion dégénéra. Le félin entoura de ses griffes le cou de Tutu-la-souris qui hurla de peur et de douleur :

— Attends ! Attends ! Je m'en vais chercher ta boule !

Tutu-la-souris retourna dans les appartements du prince, pensant à ce qu'elle allait bien pouvoir lui dire. Quand elle arriva, la chambre princière était vide. Elle promena rapidement ses yeux dans tous les coins puis aperçut, sur le lit, la fameuse boule d'or. Elle la prit et sortit en courant. Elle courait aussi vite que ses pattes le lui permettaient.

Il avait plu la veille et la cour du palais était jonchée de mares d'eau. Tutu-la-souris trébucha et tomba dans une flaque. La boule glissa de ses pattes et disparut dans une rigole qui rejoignait une rivière au pied de la montagne. Craignant de plonger dans les flots qu'elle croyait profonds et froids, la petite souris se réfugia sur la berge et se mit à sangloter. Seulement, très vite, elle se rendit compte qu'elle n'était pas seule : Wayi et le prince, chacun de son côté, venaient d'arriver et la dévisageaient avec un air de reproche.

— Où est ma boule ? gronda le chat.

— Mon or a disparu ! tonna le prince.

La petite bête, coincée, décida de jouer son va-tout. Elle se mit à faire des incantations. Elle sautillait et chantait en se frappant de temps en temps la poitrine avec ses pattes. Elle s'arrêta un moment, demanda au félin et au prince de fermer les yeux et de chanter avec elle. Sans broncher, ils s'exécutèrent. Les incantations reprirent de plus belle. Pendant que ses créanciers s'étaient mis à chanter et à bouger en tous sens, Tutu-la-souris – maligne, voleuse et menteuse – creusait un trou dans lequel elle disparut avec ses deux sacs de cacahuètes, abandonnant ses deux malheureux compagnons à leur naïveté. Ils chantèrent pendant des heures et des heures. Quand ils ouvrirent enfin les yeux, de Tutu-la souris il ne restait plus que les empreintes...

— Ah ! maudite souris, hurla le prince, je t'aurai !

Quant au chat, il se roula par terre de rage, gratta le sol et jura par ses ancêtres qu'il ferait désormais la chasse à toutes les souris qu'il croiserait sur son chemin.

C'est depuis ce jour que le chat et la souris ne s'entendent plus. C'est depuis ce jour aussi que l'homme fait la chasse aux souris et que celles-ci évitent de s'approcher de lui.

•

L'enfant panthère

•

À la mort de son père, le prince Ngangu hérita du trône royal. Il avait dix-sept ans à peine. Son intronisation eut lieu le même jour que son mariage avec son amie d'enfance, la belle Nsansi.

Quinze ans après leur mariage, le couple royal n'avait toujours aucun descendant. Était-ce une malédiction ?

Un jour, la reine Nsansi sortit silencieusement du palais et longea la berge de Ikinsi, fleuve qui coupe le royaume de Nsundi en deux. Ses pas la conduisirent loin de chez elle.

Épuisée par la marche, elle s'assit sur un rocher à demi recouvert d'eau et se laissa aller à de sombres pensées, puis elle s'endormit. Soudain, une panthère surgit des arbustes alentour et s'avança silencieusement, les yeux rivés sur la femme. Par inadvertance, le fauve fit craquer sous ses pattes une branchette : ce bruit sec et léger réveilla brusquement la dormeuse. Affolée par la bête qui fonçait droit sur elle, elle voulut fuir en hurlant. Mais l'animal, en trois sauts, l'agrippa. Ses griffes lacérèrent ses vêtements et égratignèrent sa peau. La reine s'écroula, dénudée. Le félin se pencha sur elle, rapprocha ses babines de ses lèvres et l'étreignit. Horrifiée, la reine eut l'étrange sensation d'être embrassée par un homme. En réalité, cette panthère n'était pas un animal ordinaire : elle était habitée par l'esprit errant du grand-père de l'arrière-grand-père du grand-père du roi Ngangu qui, monarque de son état, avait disparu un jour sans laisser aucune trace. La vérité est qu'il avait volontairement franchi le seuil du monde invisible pour épargner sa famille d'une mort subite, comme l'exigeait le rituel de Nkita-Nkisi.

L'étreinte n'avait duré que quelques secondes, le temps pour cet esprit de s'introduire dans le corps de la jeune reine que de méchantes langues avaient surnommée « la biche stérile ».

La femme se releva, émue et hébétée tout à la fois, pendant que le fauve disparaissait derrière le buisson. Il venait d'accomplir sa mission : faire revenir à la vie l'ancêtre Nkuvu-Mutinu pour lui permettre de perpétuer sa descendance et conserver ainsi le trône jusqu'à des temps indéfinis.

La reine Nsansi regagna le palais et elle ne dit mot à son mari de sa mésaventure.

Les jours passèrent, les mois aussi. Un beau matin, la reine découvrit ce qu'elle redoutait depuis la fameuse étreinte : son ventre s'était légèrement arrondi. Le cœur battant la chamade, elle le caressa et elle sentit quelque chose bouger. Elle eut peur, si peur qu'elle alla se confier à son époux. Ce dernier, terrorisé, envoya chercher son Nganga-Nkisi[1].

— La reine attend un enfant, Majesté, murmura le devin à l'oreille du roi, après avoir palpé la reine.

La nouvelle enchanta le roi. Il recommanda au Nganga-Nkisi d'être discret, puis il cacha la reine dans une des chambres secrètes du palais. Seule Wakoti, sourde-muette, la plus ancienne et la plus vieille des servantes de la reine Nsansi, fut autorisée à pénétrer dans le nouveau logis de « la biche stérile ».

Des lunes passèrent. La reine ne sortait plus. Les rumeurs les plus folles circulaient de bouche à oreille :

— Le roi a mangé sa femme !

— Ngangu a livré la reine aux esprits du fleuve Ikinsi !

Un soir, en plein hiver, la reine Nsansi mit au monde un enfant bien étrange, doté de deux pattes et d'une queue de panthère. Il n'avait rien d'humain, sauf la tête et le tronc. Le roi cracha trois fois par terre avant de donner l'ordre de le brûler. Mais la reine s'y opposa.

— Tu ne peux pas garder cet enfant ! hurla le roi, les yeux exorbités. Que diront mon peuple, les notables et mes conseillers ?

---

1. Magicien.

— Ils diront ce qu'ils diront, répliqua-t-elle. Ce qui compte, c'est ce que tu penses, toi, de notre enfant.

— Notre enfant ? C'est le tien, pas le mien !

— Qu'importe, il vivra !

Le temps passait. L'enfant-panthère grandissait sous le regard tendre et protecteur de sa mère à qui l'on avait affecté un autre appartement que celui du roi.

Quand le garçon eut quatorze ans, il manifesta le désir d'aller au-delà des quatre murs de sa chambre. Il reprochait à sa mère de l'empêcher de sortir dans la grande cour jonchée de feuilles mortes. Troublée, la reine alla à son tour reprocher au monarque de les tenir cloîtrés dans le palais.

— Il est hors de question que ta créature pointe son nez dehors ! vociféra le roi en la chassant.

Nous étions le matin. Furieux, le souverain convoqua tous les conseillers et les notables. L'instant était grave. Après un long silence, il déclara :

— Je vais vous dévoiler un secret. J'ai un descendant. Il a quatorze ans aujourd'hui...

À ces mots, des rumeurs de mécontentement montèrent dans la salle. Le roi fit venir un domestique et lui demanda d'aller chercher la reine ainsi que son enfant. Quelques instants plus tard retentit le son de la corne : la reine et son fils apparurent. Un grand silence envahit la salle du trône. Sur les visages des conseillers, on pouvait lire une stupéfaction profonde. Puis, tous eurent un mouvement vers la sortie.

— Voici mon fils, né de la reine Nsansi ! annonça le roi au moment où ses sujets s'apprêtaient à se sauver. Ceux-ci reculèrent d'un pas et se tournèrent vers l'enfant-panthère, le dévisageant d'un œil effaré.

— Vous succédera-t-il, Majesté ? osa demander l'un d'eux.

— Pourquoi ne serait-il pas mon héritier ? N'est-il pas mon enfant ?

Cette réponse suscita de l'indignation et du mécontentement. La séance fut suspendue. Les notables et les conseillers se retirèrent de la salle du trône. Le roi, excédé, fusillait du regard l'enfant-panthère qui s'agrippait maladroitement au bras de sa mère, calme et sereine.

Les conseillers du roi revinrent et allèrent tous s'asseoir au fond de la salle, puis le plus âgé prit la parole :

— Majesté, nous avons jugé préférable de laisser le peuple se prononcer à notre place.

Ces mots sonnèrent comme un désaveu aux oreilles du roi Ngangu qui, d'un battement de mains, renvoya tout le monde.

Le temps passa. Il tourna les pages de la vie, les unes après les autres.

Ce matin, le royaume de Nsundi allait vivre un jour exceptionnel. La veille, dans la cour du palais, des ouvriers avaient monté une tribune en bois. Dès les premières heures de l'aube, elle s'emplit de monde. Les sujets du roi – conseillers, notables, griots… – prirent place dans les gradins. De l'autre côté, le peuple chantait des chansons à la gloire du roi. Celui-ci s'avança au milieu de la cour puis, avant de prendre la parole, se jucha sur un escabeau en bois.

— Maintenant, si vous le voulez bien, je vais vous présenter mon fils.

D'un geste de la main, le souverain fit signe à la reine et à l'enfant-panthère de s'avancer. Excité et impressionné par la foule, le futur héritier se mit à bondir dans tous les sens en balayant le sol avec sa queue. Le peuple s'étonnait : comment une femme normale avait-elle pu mettre au monde cette créature hybride, mi-animale, mi-humaine ?

La foule silencieuse scrutait le couple royal et sa descendance. Le roi ne savait pas quoi dire. Il descendit de l'escabeau. Alors, l'enfant-panthère sauta sur l'escabeau, s'éclaircit la gorge et s'adressa à la foule :

— J'assume pleinement ce que je suis. Sachez que l'apparence n'a que peu de valeur pour moi. Tous ceux qui ont forgé leur vision de la vie autour de l'apparence n'ont brassé que du vent. Il est vrai : je suis physiquement différent de vous. Pourtant, je vous considère comme les miens. Je n'ignore pas ce que vous pensez de moi. Seulement, au-delà de ce jugement, il nous sied de cultiver l'amour et la tolérance. Maintenant, il vous revient, à vous gens de Nsundi, de décider de mon avenir parmi vous.

Un autre silence s'installa, révélant le trouble dans lequel les mots de l'enfant-panthère avaient jeté cette grande assemblée à laquelle il revenait de décider. Et elle décida : le roi devait choisir entre son trône et son fils. Demeurer sur le trône signifiait qu'il devait tuer son enfant ; le garder l'obligeait à se retirer du pouvoir. Alors, pour la première fois depuis dix-huit ans de règne, ses sujets virent le roi enlacer sa femme d'un bras et étreindre son fils de l'autre.

Il avait choisi et il dit :

— Je préfère me retirer solennellement de mes fonctions.

Le peuple se sentit trahi. La sentence ne tarda pas : le roi et sa famille furent chassés de Nsundi. Ils trouvèrent refuge dans la forêt de Mbangu au bord du fleuve Ikinsi.

Sept ans s'étaient écoulés depuis l'abdication du roi Ngangu. Certains s'en souvenaient encore, tandis que d'autres n'en conservaient aucun souvenir.

Un jour, une armée étrangère attaqua le royaume de Nsundi. Ce fut une guerre sanglante. Après quatre-vingt-dix jours de combat, le peuple de Nsundi se rendit. Trop d'hommes avaient péri sur le champ de bataille. Le royaume fut réduit à l'état d'esclavage. Ceux qui pouvaient encore se souvenir du passé regrettaient le règne du roi Ngangu. En secret, ils imploraient les ancêtres. Au milieu de la nuit, on les entendait qui murmuraient des formules sacrées.

Une nuit, l'enfant-panthère réveilla son père et lui fit part de l'invasion dont le royaume de

Nsundi venait d'être victime. Le roi ne le crut pas et se moqua de lui avant de se rendormir. L'enfant-panthère revint à la charge et l'informa de la visite imminente des ancêtres, avant l'aube. Le roi Ngangu réveilla à son tour sa femme la reine Nsansi. Et tous les trois se mirent à attendre. Soudain, il se mit à pleuvoir. Le ciel était déchiré par les éclairs. L'enfant-panthère se leva et se dirigea vers la porte qu'il ouvrit toute grande en disant à son père :

— Ils sont là.

Une épaisse fumée s'engouffra dans la masure. Elle tournoya un moment autour d'eux puis, comme dans un songe, deux êtres étranges apparurent : un homme et une femme. Dans le silence, ceux-ci se prosternèrent devant l'enfant-panthère, sous le regard abasourdi du roi déchu.

Les deux êtres dirent au roi Ngangu et à son fils qu'ils devaient voler au secours de leur peuple, les Nsundi, tenu en esclavage par des barbares venus de Wakakota. Le lendemain, le roi Ngangu revêtit son armure traditionnelle dotée de pouvoirs magiques, héritage de ses ancêtres.

— Père, je viens avec toi.

— Non, cette guerre n'est pas aussi facile que tu le crois. Le moment viendra où tu combattras.

— Laisse-moi t'accompagner, mon armée te sera utile.

— Ton armée ? Quelle armée ?

— Oui. Comme tu le vois, dit-il en désignant la partie animale de son corps, j'appartiens aussi à la tribu du roi Nzinga-Ngo, souverain de la forêt de Vindza. Avant-hier soir, je lui en ai parlé. Nous devons aller le voir. Tu lui demanderas s'il veut être notre allié ou non.

Le roi Ngangu hésita un moment mais, voyant les yeux suppliants de la reine, il fit signe à l'enfant-panthère de se mettre en route avec lui pour la forêt de Vindza. Ce n'était pas qu'une simple forêt : c'était aussi le sanctuaire des Bankita et de leur chef, Ma-Ngutu, un univers mystérieux qui n'avait jamais connu de présence humaine. Tous ceux qui tentaient d'en franchir les limites disparaissaient mystérieusement, sans laisser de trace.

Le souverain Nzinga-Ngo et son peuple réservèrent un bon accueil à la famille du roi Ngangu. Tous les animaux, du plus petit au plus grand, furent conviés à cet événement. Après des heures de dialogue et de négociation, le roi Nzinga-Ngo fit connaître sa décision : ils formeraient une grande armée des humains et des animaux afin de combattre les barbares.

Trois semaines plus tard, la grande armée marcha sur les terres assiégées de Nsundi. Les combats durèrent des mois et des mois. Il y eut des morts, beaucoup de morts. Les envahisseurs furent pourchassés jusqu'au fin fond de leurs terres et ils finirent tous par se rendre. Ainsi, le royaume de Nsundi et son peuple furent libérés. Des voix s'élevèrent très haut pour réclamer le retour du roi Ngangu sur le trône. Il fut rétabli. L'enfant-panthère, fut reconnu à l'unanimité comme prince Ngangu Panthère, prince héritier du trône de Nsundi.

Pour fêter cet événement, le peuple de Nsundi et ses alliés mangèrent, burent et dansèrent des nuits et des jours durant.

Depuis ce jour, la panthère est le symbole du pouvoir et du mysticisme chez les Nsundi.

•

La reine Zowa

•

Belle... Elle était belle. Vraiment belle. Jamais mère Nature n'avait façonné une femme aussi belle que Zowa. Enfant, elle troublait déjà le cœur des hommes de son village natal. Un jour, adolescente, elle dit à mère Nature :

— J'aimerais épouser un homme qui sortira mes parents de la misère.

Quelques années plus tard, de nombreux hommes affluaient chaque matin au domicile de ses parents. Ils voulaient tous épouser la femme somptueuse qu'elle était devenue. Mais, chaque fois, avec mépris, elle refusait leur demande. La plupart d'entre eux étaient pauvres.

Le temps passait. Zowa devenait de plus en plus impatiente. Son rêve tardait à se réaliser. Un matin, un homme vint voir ses parents : c'était un roi très riche qui venait demander sa main. Dès qu'elle l'avait vu franchir la cour, son cœur s'était mis à battre de joie. Elle savait au fond d'elle que c'était lui l'homme qu'elle attendait.

Le mariage fut célébré et la noce dura deux semaines. Ce fut une grande fête. Mais derrière la richesse de ce monarque se cachaient la jalousie, la possession, la méchanceté et la sorcellerie. À peine la cérémonie du mariage terminée, Zowa fut enfermée dans l'un des nombreux appartements de son palais. Trente années passèrent. Pendant tout ce temps, elle ne mit jamais un pied dehors. Elle était malheureuse, en dépit de l'or et de l'argent qui coulaient à flots.

Un jour, le roi voisin – souverain du royaume des Deux-Rives – organisa une grande fête à l'occasion de ses noces d'or. Il y convia les conjointes de tous ses amis. Exceptionnellement, la reine Zowa fut autorisée à prendre part à cet événement.

La fête fut grandiose. Chanteurs, danseurs, griots étaient là. Parmi les griots présents figurait un jeune artiste, dont la voix pouvait hypnotiser n'importe qui. Il s'appelait Yokusa. Son timbre aigu troubla le cœur de la reine Zowa. Il chanta toute la nuit sans répit. Ses doigts fins glissaient sur les lamelles de son instrument avec une agilité presque magique. Le cœur de la reine trépidait de joie. Jusqu'au petit matin, elle ne le quitta pas des yeux.

Avant que la fête ne touchât à sa fin, mère Nature vit Yokusa et la reine disparaître derrière un buisson. La reine était-elle vraiment amoureuse ? N'était-elle pas seulement sous l'emprise d'émotions incontrôlées ? Ni la Lune ni la nuit ne nous le diront. Le lendemain matin, la reine refusa de regagner son foyer :

— Repartir au palais ? Jamais ! Je me sens si bien avec toi... J'ai retrouvé auprès de toi ce que j'avais perdu il y a trente ans : ma liberté. Dans tes bras, je me sens libre.

C'est ainsi qu'elle emménagea chez Yokusa. Mais, rapidement, elle regretta son choix. Elle venait de passer quatre jours – ou presque – sans manger. Son talentueux amoureux n'avait rien à lui offrir, pas même une miette de pain. Pauvreté et amour peuvent-ils faire bon ménage ?

Un matin, le jeune griot s'en alla à la chasse. Il espérait rapporter à sa bien-aimée un bon gigot de biche. Le soir, à son retour de la chasse, il trouva la case vide. La reine avait regagné le palais, où son mari l'accueillit avec un sourire qui masquait à peine son profond mécontentement. À cette occasion, le roi organisa une grande fête. On dansa et on chanta jusqu'au milieu de la nuit.

Sept jours passèrent durant lesquels le roi ruminait sa vengeance. Une nuit, à l'issue d'une réunion de son clan de sorciers, il fut décidé que la reine allait être sacrifiée le jeudi suivant.

En l'absence de la reine, Yokusa parcourait des villes et des villages avec sa sanza[2].

---

2. Sorte de xylophone appelé « piano à pouces » constitué d'une sorte de clavier en métal ou en bambou et d'un résonateur fait d'une calebasse ou d'une planche.

Un soir, tandis qu'il dormait au pied d'un fromager, un vieillard ridé aux cheveux blancs et à la barbe blanche lui apparut... c'était l'un de ses nombreux ancêtres. D'une voix sépulcrale, il lui dit :

— Tu dors sans te soucier de la reine !

Le jeune homme se réveilla en sursaut. Le vieillard était à quelques mètres de lui. Adossé au fromager, Yokusa écoutait cet étrange personnage :

— Tu dors pendant que Zowa est à deux doigts de la mort. Elle sera sacrifiée demain avant l'aube. Tu dois la sauver.

— Comment pourrais-je la sauver ? Je ne peux affronter le roi, personne ne peut se mesurer à lui !

— Tu y arriveras, toi.

— Moi ? Mais je n'ai aucune arme !

— La voilà, ton arme !

Le vieillard lui tendit un morceau de roseau sculpté et percé de petits trous, que Yokusa prit d'une main hésitante. Il le tourna et le retourna, dubitatif.

— C'est une flûte, chuchota le vieillard qui lui demanda de souffler dedans. Au premier son, soudain, ses pieds se transformèrent en serres d'aigle. Pris de panique, il arrêta brusquement de jouer. Mais le vieillard le rassura :

— N'aie pas peur et continue à souffler.

— As-tu vu comment sont devenus mes pieds ?

— Calme-toi. Continue de souffler si tu veux qu'ils redeviennent comme avant.

Ce faisant, le jeune homme inspira une bonne quantité d'air qu'il souffla ensuite à l'intérieur de l'instrument. Et il fit naître quelques notes. À son grand étonnement, ses pieds retrouvèrent leur forme initiale. À cet instant, il comprit qu'il tenait entre ses mains une flûte magique. Il ne cessa de l'admirer jusqu'au moment où il leva ses yeux vers le vieillard… mais celui-ci avait mystérieusement disparu. Au même moment, au lointain, deux coqs se mirent à chanter. Nous étions jeudi matin.

De nouveau Yokusa souffla dans la flûte. Des notes jaillirent et se mêlèrent aux sons de la nature. Note après note, mélodie après mélodie, tout son corps se transforma en un aigle magnifique. Ensuite, la flûte serrée dans son bec, il survola les savanes, les rivières et les montagnes avant de se poser sur un palétuvier. Puis, l'instrument tenu entre ses ailes, l'embout dans son bec, il égrena quelques notes cristallines qui, sans plus tarder, réveillèrent mère Nature. Le ciel s'obombra tout à coup. Une pluie drue et serrée s'abattit sur le royaume. Les rivières avoisinantes sortirent de leur lit, le vent se mit à tourbillonner.

Le rapace, mouillé jusqu'au bec, se changea en un petit ruisseau qui se faufila silencieusement entre les vieux bonzaïs menant au palais. Et, entre les interstices du portail du palais, il se fraya un passage avant de continuer sa marche jusque dans la cellule où la reine était tenue prisonnière. L'invisible présence de l'instrument emplit de musique la geôle.

Devant l'eau qui s'élevait peu à peu devant elle, effrayée, la reine poussa un cri, puis elle alla se blottir dans un coin.

— Silence, c'est moi... murmura Yokusa qui, en changeant de mélodie, avait retrouvé sa forme humaine.

— Toi, ici ? cria la reine.

— Je suis venu te délivrer, répliqua le griot.

— Me délivrer ? De quoi ? C'est à cause de toi que je suis là !

Pressé par le temps, le jeune homme ne dit mot. Il sortit sa flûte et joua une mélodie endiablée. Et, soudain, la reine perdit sa forme humaine. Elle devint une abeille, ainsi que le jeune griot. Ils bourdonnèrent un moment dans la cellule, puis s'enfuirent par le petit trou de la serrure. Ils survolèrent le palais et atteignirent une heure plus tard la forêt de Kimpele, où habitait Yokusa.

Une fois dans la case du jeune homme, la reine se mit à protester. Elle ne comprenait rien à toute cette aventure. Le griot ne broncha pas. Il la regarda droit dans les yeux et dit :

— Cette nuit, tu découvriras la vraie nature de ton mari.

Ensuite, il glissa sa main sous son lit et tira une marmite en terre cuite. Il y versa trois bols d'eau fraîche et trois mesures de sel. Il reprit sa flûte et en jouant il fixa d'un œil acéré la marmite. Peu à peu, l'eau qui était à l'intérieur prit la forme d'un miroir. Le griot dit à la reine :

— Il ne faut pas quitter des yeux cette marmite, si tu tiens à connaître la vérité.

Puis il s'en alla, après avoir fermé la porte à double tour.

Heure après heure, la nuit couvrit de sa présence toute la terre. Au ciel, la lune se réveillait d'entre les nuages. À pas feutrés, la reine Zowa s'était approchée de la marmite. Celle-ci, soudain, s'illumina. La reine aperçut le roi gesticulant au milieu de ses conseillers. Les images défilaient les unes après les autres. Après la figure de son mari, elle aperçut celle du jeune griot qui se dirigeait vers le palais. Il s'arrêta devant un rocher, sortit son instrument et joua un petit air qui le rendit invisible. Yokusa rejoignit la petite cellule de la reine. Puis il prit l'apparence de la reine. Tout cela eut lieu peu avant l'heure prévue du sacrifice.

Le temps passa. Réunis au pied du baobab qui se trouvait au fond de la cour du palais royal, les sorciers avaient allumé un feu sur lequel bouillonnait une grosse marmite. Le chef de ce clan, une femme d'un certain âge, donna l'ordre d'amener la détenue. Deux hommes vêtus de noir s'en chargèrent. Quelques instants plus tard, ils revinrent avec celle qu'ils croyaient être la reine. On la jeta aussitôt dans la marmite. Le feu crépitait, la marmite écumait, les sorciers se frottaient joyeusement les mains en murmurant des formules incompréhensibles. Le roi exultait. Soudain, l'un des sorciers leva la main pour demander le silence. Tous se turent et ils entendirent le son d'une flûte. Il fit signe à tous d'écouter les notes qui jaillissaient de la marmite. L'un d'eux déclara :

— C'est étrange. Une flûte dans la marmite ! Comment est-ce possible ?

La flûte enchantée, la flûte miraculeuse, la flûte envoûtante n'arrêta pas de jouer à leurs oreilles.

Tandis que les sorciers s'interrogeaient sur cette étrangeté, le jeune griot se transforma en un énorme serpent à onze têtes. Onze, comme le nombre de sorciers présents cette nuit-là. Le serpent terrassa tour à tour le roi et ses dix compères. Tous moururent au pied de la marmite qui continuait à écumer jusqu'au moment où le jeune griot, sous son apparence de serpent, en sortit. Après avoir inspecté tous les cadavres, il reprit sa forme d'aigle puis s'envola pour rejoindre son lieu d'habitation.

Quand il réapparut sous sa forme humaine devant la reine Zowa, celle-ci l'accueillit affectueusement. Elle avait suivi le déroulement des événements dans l'eau de la marmite en terre cuite transformée en miroir. Avec une profonde sincérité, elle dit :

— Tu m'as sauvé la vie. Dès cet instant, prends-moi comme femme. Ceci, jusqu'à la mort.

Yokusa, jusque-là silencieux, répondit :

— Je me réjouis de l'offre que tu me fais. Mais je ne crois pas que mère Nature puisse me choisir comme possesseur de ton cœur. Cependant, sache une chose : l'homme qui t'a aidée à traverser le fleuve n'est pas forcément celui qui mettra une alliance à ton annulaire.

En entendant ces mots, la reine répliqua par un sourire. Puis elle baisa le front du jeune griot avant de solliciter son aide pour rejoindre le domicile de ses parents.

Depuis ce jour-là, la reine Zowa, retournée à la maison paternelle, attend sagement l'homme de sa vie.

L'homme-arbre et la princesse

Le roi de Mpangu avait neuf enfants, cinq filles et quatre garçons, nés de son unique épouse. La majorité de ses enfants avaient une malformation physique. Si ce n'était pas le nez, c'étaient les oreilles, les pieds, les yeux, les doigts, les lèvres... Le jour où mère Nature les créa, elle les oublia sans doute, excepté Mwini, la benjamine. C'était la plus belle. Son visage était rayonnant. Sur ses lèvres, un sourire capable de vous ôter toute morosité était toujours présent... Elle était belle, tout simplement.

Devenue jeune fille, presque tous les hommes de Mpangu et des royaumes voisins la désiraient pour femme. Mais son père était très possessif à son égard :

— Je donnerai la main de ma fille à l'homme qui sera aussi riche que moi, clamait-il à tous ceux qu'il soupçonnait de poser un regard amoureux sur la princesse Mwini.

Cependant, la belle princesse jeta son dévolu sur Lenda, un fils de paysan. Les rumeurs de cette relation parvinrent aux oreilles du roi qui décida d'y mettre fin par tous les moyens.

Mais un cœur amoureux est comme une rivière qui sort de son lit : elle finit toujours par se frayer un passage. À présent, tout le royaume connaissait l'histoire des deux jeunes amoureux.

Afin de mettre fin à cette idylle, le monarque offrit la main de sa fille, sans son consentement, à l'un de ses amis, le souverain du royaume de Lumu. Humilié, l'amant de la princesse alla se réfugier au cœur de la forêt de Ntonato, loin des railleries. La princesse en fut fort affectée.

La date du mariage fut rapidement fixée. Seulement, le jour de son mariage, au beau milieu de la cérémonie, la future mariée s'écroula et s'évanouit. On essaya de la réanimer en vain.

Après plusieurs années de vie solitaire dans la forêt, Lenda reçut un jour la visite d'un petit oiseau, un tisserin.

— Te voilà, dit l'oiseau, je t'ai cherché partout. Où étais-tu ?

— À la cueillette des fruits. Je n'ai rien mangé depuis ce matin.

— Tu as tout, ici ! s'exclama l'oiseau. Tu sais, les génies disent : « Contente-toi de ce qui est dans ton nid. Tu vivras bien et longtemps ». Bon, passons. Tembo, le génie du vent, m'a demandé de te transmettre un message.

— De quoi s'agit-il ?

Le tisserin conta de long en large ce qui était arrivé à la princesse Mwini. Le jeune homme en fut très touché. Il laissa couler quelques larmes.

— Allons, tu ne vas pas faire pleuvoir le ciel pour ça ! Elle n'est pas encore morte. De toutes les façons, sache que les pouvoirs que tu détiens peuvent la sauver.

— Détiendrais-je des pouvoirs, moi ?

— Ne discute pas. Si tu aimes cette fille, va donc la réveiller de son profond sommeil. Les génies de la forêt seront avec toi. Maintenant, allonge-toi par terre, ferme les yeux et chante avec moi ce cantique sacré...

Lenda s'exécuta. Ils chantèrent. Puis, soudain, ils furent pris par une transe terrible qui les mit dans un état second pendant des heures et des heures. Il y eut un bruit de tonnerre. Les arbres se mirent à bouger dans tous les sens. Les feuilles et les branches tombèrent les unes après les autres, pour enfin couvrir le corps de Lenda.

Après cela, la forêt retrouva son calme habituel. Le jeune homme, après avoir retrouvé son calme, se releva. Il ressemblait maintenant à un arbre, avec une touffe de feuilles et une multitude de branches.

— Te voilà bien habillé, mon ami, lui dit le tisserin.

— Que m'as-tu fait ?

— Moi ? Rien. C'est plutôt mère Nature qui s'est occupée de toi. Elle t'a offert de si beaux habits !

— Mais qu'est-ce que tu me chantes là ?

— Trêve de discussion. Va vite rejoindre ta bien-aimée si tu tiens à elle.

Lenda se mit en route. Derrière lui marchait une multitude d'animaux. Après sept jours de marche, ils atteignirent le royaume de Mpangu. Ils entrèrent dans la cité où sa bien-aimée demeurait entre la vie et la mort. Dès qu'ils arrivèrent sur la place du marché, une panique se saisit de la foule bigarrée. Les gens abandonnèrent leurs commerces et se précipitèrent tous au palais en criant au monstre. Prévenu, le roi rassembla ses plus vaillants guerriers afin de repousser ce monstre et ses animaux.

Les carquois se vidèrent au bout de plusieurs tirs. On lui jeta des pierres et on lui lança toutes sortes d'objets : ustensiles de cuisine, boules de manioc, marmites d'eau chaude, peaux de banane... Ils avaient tout lancé. Il ne leur restait que leur vie. Ils ne la lancèrent pas.

Lenda et tous ses amis demeuraient invincibles. Le monstre – ainsi qu'on le nommait – avançait sans difficulté. Il riait d'un rire de tonnerre. Il avançait à pas de géant. Le roi demanda à la population de quitter la cité. Ce fut une vraie débandade. En quelques minutes, les rues et les habitations furent désertées. Pendant ce temps, au palais, sur son lit, gisait la princesse Mwini. Lenda, après être entré dans le palais royal, la souleva, la conduisit au milieu de la cour, la déposa sur une natte et la couvrit de quelques feuilles arrachées sur son corps. Les animaux formèrent un cercle autour d'eux. Perché sur une branche attachée à l'oreille gauche de Lenda, le tisserin entonna un air que les autres animaux reprirent en chœur.

Un éléphant se pencha au-dessus de la princesse et, avec sa trompe, l'aspergea d'une bonne quantité d'eau. Puis un python cracha un liquide gluant au milieu de la poitrine de la princesse. Cette dernière cligna des yeux. Lenda lui tendit la main... et elle se mit debout ! Ils s'étreignirent longuement.

– Miracle, c'est un vrai miracle ! dit le roi.

Il tremblait d'émotion. L'homme-arbre venait de sauver sa fille. Partagés entre la crainte et l'enthousiasme, les quelques soldats tapis derrière les murs étaient eux aussi ébahis par ce spectacle où les animaux dansaient autour du couple. Le tisserin cria à tue-tête :

— Lenda et la princesse ont des choses à se dire.

— Te voilà ramenée à la vie, Mwini. Ainsi s'achève la mission que les génies m'ont confiée.

— Te voilà de retour, toi aussi. Merci d'avoir été fidèle à notre amour !

— Princesse, un cœur qui aime n'oublie pas la source où il puise ses forces. Je dois te quitter.

— Je viens avec toi. Et j'irai là où tu seras.

— Et ton père... ?

— Mon père ? Je suis sa fille, mais pas sa femme. Je suis libre. Je serais déjà morte, si tu n'étais pas venu. Ne me laisse pas ici !

Ces mots de la princesse furent suivis d'embrassements. Et nos deux amoureux, accompagnés de leurs amis les animaux, empruntèrent la route qui menait à la forêt de Ntonato.

Un éléphant se pencha au-dessus de la princesse et, avec sa trompe, l'aspergea d'une bonne quantité d'eau. Puis un python cracha un liquide gluant au milieu de la poitrine de la princesse. Cette dernière cligna des yeux. Lenda lui tendit la main... et elle se mit debout ! Ils s'étreignirent longuement.

– Miracle, c'est un vrai miracle ! dit le roi.

Il tremblait d'émotion. L'homme-arbre venait de sauver sa fille. Partagés entre la crainte et l'enthousiasme, les quelques soldats tapis derrière les murs étaient eux aussi ébahis par ce spectacle où les animaux dansaient autour du couple. Le tisserin cria à tue-tête :

— Lenda et la princesse ont des choses à se dire.

— Te voilà ramenée à la vie, Mwini. Ainsi s'achève la mission que les génies m'ont confiée.

— Te voilà de retour, toi aussi. Merci d'avoir été fidèle à notre amour !

— Princesse, un cœur qui aime n'oublie pas la source où il puise ses forces. Je dois te quitter.

— Je viens avec toi. Et j'irai là où tu seras.

— Et ton père... ?

— Mon père ? Je suis sa fille, mais pas sa femme. Je suis libre. Je serais déjà morte, si tu n'étais pas venu. Ne me laisse pas ici !

Ces mots de la princesse furent suivis d'embrassements. Et nos deux amoureux, accompagnés de leurs amis les animaux, empruntèrent la route qui menait à la forêt de Ntonato.

L'orphelin, l'oiseau et l'ogre

Un enfant habitait avec sa tante, sœur cadette de sa mère, dans un petit village. Il était orphelin de père et de mère. Il s'appelait Kolama.

Comme ils étaient pauvres, Kolama était obligé de mendier aux coins des rues. Il arrivait que cela déplût à certains villageois, qui n'hésitaient pas à le malmener et à l'insulter.

Un soir, pendant qu'il partageait un maigre repas avec sa tante, il lui fit une proposition :

— Tante Lebisa, cela te dirait-il de venir avec moi, demain, à la pêche à l'épuisette ?

— Pourquoi pas ? C'est une excellente idée, lui répondit sa tante.

Le lendemain, dès le premier chant du coq qui annonçait la naissance d'un jour nouveau, Kolama et sa tante descendirent pour une partie de pêche à la rivière Biebie. La pêche fut bonne. Leurs paniers débordaient de poissons.

Sur le chemin du retour, après la traversée d'une passerelle, une voix nasillarde les fit tressauter. Tout à coup apparut un ogre qui avançait vers eux. Il avait sur la tête deux cornes géantes, deux grosses dents aux commissures de sa gueule baveuse et une longue queue qu'il remuait au rythme de sa voix. La bête posa un regard inquisiteur sur la tante, et dit :

— Qui êtes-vous ? D'où venez-vous et où allez-vous ?

— Nous sommes du village de Ngandu, bafouilla la tante, et nous revenons de la pêche.

— J'ai faim, très faim ! répliqua l'ogre. Vous avez volé tous mes poissons ! Je vais être obligé de manger ton enfant !

— Jamais ! Récupère tes poissons si tu veux !

— Je ne mange pas de poisson mort.

L'ogre, d'un mouvement vif, sortit ses ongles longs et acérés. La tante fut surprise, mais elle fit preuve de courage. Elle descendit le panier rempli de poissons qu'elle avait sur la tête, à l'intérieur duquel elle glissa sa main, et en sortit un couteau. Maintenant, la tante et l'ogre avançaient à petits pas l'un vers l'autre. Mais l'ogre fut le plus rapide : il attrapa la tante et l'avala. Terrorisé, Kolama se sauva en criant le nom de sa mère. L'ogre éructait de joie en frottant son ventre qui réclamait une autre bouchée. Ce fut en vain qu'il chercha le petit orphelin. Celui-ci, après sa fuite, avait trouvé refuge dans une grotte, non loin de là. L'ogre renifla l'air et il sentit l'odeur du garçon.

— Là, il est là ! gloussa-t-il en pointant de ses gros doigts crochus la grotte à peine dissimulée derrière un buisson.

Il marcha silencieusement en retroussant avidement ses babines. Une fois à l'entrée, il murmura d'une voix mielleuse :

— Viens. Je ne te veux aucun mal. Viens, ta maman t'attend.

L'orphelin n'osa pas sortir. À plusieurs reprises, il tenta en vain de pénétrer dans la grotte. L'entrée était trop étroite pour ses immenses cornes. Il décida alors de camper là, dans l'espoir que l'enfant finirait par sortir. Il y resta trois jours, durant lesquels Kolama, recroquevillé dans un coin, songeait à ce qui allait lui arriver. Au quatrième jour, l'ogre, ayant perdu tout espoir, s'en alla en grommelant.

Deux jours s'écoulèrent encore. Puis l'enfant, tenaillé par la faim, se hasarda dehors. Voyant que l'ogre avait levé le camp, il jeta un regard à gauche puis à droite, et se mit à courir comme une flèche jusqu'à son village.

Deux semaines plus tard, Kolama rassembla de nouveau son matériel de pêche, puis se rendit à la rivière Biebie. Il jeta ses filets dans l'eau, puis les retira au bout de quelques heures. Malheureusement, ils étaient vides. Il les replongea deux ou trois fois de suite, mais sans succès. C'est alors qu'une idée lui vint : faire des pièges à oiseaux. Ainsi, au moins, il espérait avoir de quoi manger le soir.

Une fois les pièges montés, il alla se reposer à l'ombre d'un arbre. Bercé par une douce brise, il finit par s'endormir. Au bout d'une demi-heure, il se réveilla brusquement, car un oiseau piaillait dans l'un des filets. Il le détacha prestement, puis se mit à le déplumer. J'en ferai un joli petit rôti ce soir, se répétait-il avec joie. Soudain, il s'arrêta. Pourquoi s'était-il arrêté ? C'est qu'il était étrange, cet oiseau... il parlait le langage des humains ! Il supplia l'orphelin de le laisser partir. Un oiseau qui parle ! s'étonna Kolama qui continuait à plumer sa proie. Il avait tellement faim que les supplications de l'oiseau le laissèrent de marbre. Toutefois, comme l'oiseau continuait à pleurer, Kolama eut un pincement au cœur, il eut pitié de lui : il le relâcha et rentra chez lui, le ventre vide.

Le temps passa. Des jours et des semaines. Un matin d'hivernage, Kolama se rendit pour la énième fois à la pêche : même heure, même endroit. Il faut dire que la chance fut de son côté ce jour-là : la pêche fut fructueuse. Or, au moment où il s'apprêtait à prendre la route de son village, l'ogre surgit :

— Nous voilà de nouveau ! Tu te croyais plus malin, hein ! ricana l'ogre en l'attrapant.

Il l'attacha à un arbre.

— Hum, quel bon déjeuner que voici ! Il me faut des tubercules de manioc à présent.

Et il s'enfonça dans le buisson d'à côté.

À l'idée de se retrouver en morceaux dans le ventre de l'ogre, l'orphelin se mit à pleurer dans la langue de sa mère. Il pleura et cria pendant des heures et des heures. Ses cris traversèrent les montagnes, les savanes, les rivières et les fleuves, puis atteignirent le royaume des oiseaux.

— Tiens, je la reconnais, cette voix ! murmura un autour-à-longue-queue.

C'était l'oiseau que Kolama avait relâché des semaines auparavant. Sur-le-champ, il s'envola vers le lieu d'où montaient les pleurs.

— Qui est-ce qui t'a attaché là ? demanda l'oiseau sitôt après s'être posé sur une branche.

— C'est... l'ogre ! bégaya le malheureux enfant.

L'oiseau s'approcha de lui, déploya ses ailes au bout desquelles surgirent de petites lames fraîchement aiguisées. Il commença alors à couper la corde. Un coup, puis un autre. Un mouvement, deux mouvements... et hop ! et tic ! et tac ! et pic ! et pac ! Le cordage fut coupé en plusieurs morceaux.

Pendant que Kolama trépignait de joie, l'ogre arriva. Les yeux rouges de rage, il fit pousser ses cornes en un éclair : on aurait dit les branches d'un palétuvier géant ! Cela n'impressionna guère l'oiseau qui, lui aussi, fit grandir ses ailes. Ils s'affrontèrent. Le combat dura plusieurs heures. Enfin, l'ogre fut vaincu. L'oiseau aux plumes lames l'avait coupé en petits morceaux. Il demanda à l'enfant de ramasser du bois mort avec lequel ils brûleraient la dépouille monstrueuse. Avec son bec, l'oiseau cracha une flamme bleue qui embrasa l'amas de bois que Kolama avait porté près de la rivière, puis ils y jetèrent les restes de l'ogre.

L'oiseau accompagna l'orphelin jusqu'à son village. Une fois arrivé l'oiseau ouvrit son bec et se mit à vomir des pièces d'or au pied de Kolama qui n'en croyait pas ses yeux.

— C'est à toi désormais, lui dit l'oiseau avant de s'envoler et de disparaître dans les nuages.

C'est ainsi que la pauvreté quitta Kolama.

Le crâne

*À madame la veuve
de Vichy et sa fille*

Elle avait de longs cheveux noirs.
Elle avait un regard magnifique.
Elle avait un large et séduisant sourire.
Elle avait un corps poétique.
Elle avait un cœur empli d'émotions.
Elle était l'incarnation du Soleil et de la Lune.
Elle était la représentation du bien et du mal.
Elle, c'était Busafu.
Busafu, tu l'as déjà croisé dans les rues de certaines villes de la terre.
Peut-être qu'elle a déjà été une fois ta compagne, compagne d'une nuit ou d'un jour, ce jour où tu as cru trouver la femme de ta vie.
Qui était-elle réellement, cette Busafu ?
Le crâne !

Il nous contera son histoire.

Durant des années, la famille de Kiaki le pêcheur vécut une vie paisible, car l'homme avait fait fortune dans la pêche. Mais un jour, Kiaki et son épouse Busafu perdirent leur fortune.

Alors, ils commencèrent à se disputer et finalement les querelles détruisirent l'harmonie de leur couple. Divorce. Ce mot-là, Busafu l'avait sur ses lèvres du matin au soir, elle voulait quitter son mari.

Une nuit, Kiaki se rendit au pied de Nkuan-soki, la sorcière du royaume voisin.

— Parle mon fils, lui dit la sorcière.

— J'ai besoin de ton aide, car ma femme veut me quitter, se plaignit le pêcheur.

— Pourquoi ?

— Elle ne supporte plus notre misère. Il me faut, par tous les moyens, redevenir riche.

— Cela n'est pas chose facile ! Cela exige des calebasses de sueur, tu comprends !

— Veux-tu dire beaucoup de sacrifices ?

— Oui.

— Lesquels ? Pour ma famille, je suis prêt à tout.

La sorcière regarda Kiaki dans les yeux puis plongea dans un profond silence. Et elle dit :

— Mes esprits sont prêts à t'aider, à te rendre plus riche que tu ne l'étais avant, mais à une condition...

— Laquelle ?

— À ta mort, tu seras transformé en chat.

— En chat ? s'étonna le pêcheur.

— Oui, en chat.

— Combien de temps vivrai-je avec ma richesse, avant d'en arriver là ?

— Pas moins de vingt ans.

— Vingt ans, c'est déjà bien ! L'important, c'est que ma famille vive bien après ma mort.

Tout était dit et tout serait fait. Le contrat était signé. Kiaki rentra chez lui.

Des mois passèrent après cette visite. Un matin, le pêcheur prit ses filets et se rendit au fleuve. Après avoir pagayé jusqu'au milieu de l'onde, il jeta ses filets. Quand il les retira, il ne trouva pas de poisson, mais deux lourdes calebasses. Il les plaça au fond de la pirogue et continua sa partie de pêche qui, malheureusement, fut infructueuse. Alors, il rentra chez lui. Lorsqu'il accosta sur la berge, il s'empara des deux calebasses et entreprit de les déboucher. Il inclina l'une d'elles pour en vérifier le contenu et... une, deux, trois puis quatre pièces d'or dégringolèrent à ses pieds. Il se crut dans un rêve. Des pièces d'or continuaient à tomber, formant une petite montagne scintillante. Il secouait les calebasses si frénétiquement qu'on l'aurait cru en transe.

— De l'or ! criait-il au bord de l'excitation.

D'une main tremblante, il remit son butin dans les calebasses qu'il alla enterrer dans la plaine d'à côté, derrière une souche aux herbes sèches. Il courut vite chercher sa femme au village. Le couple arriva bientôt près de la cachette. Ils déterrèrent le trésor et l'emportèrent secrètement chez eux. La découverte de l'or avait fait renaître le bonheur et la joie de vivre dans leur maison. Busafu ne pensait plus au divorce. Kiaki le pêcheur s'offrit le plus beau cheval de l'écurie du souverain Nunga.

Un après-midi, qu'il galopait sur son cheval blanc, il trébucha contre la souche d'un arbre et tomba... raide mort. On le pleura pendant une semaine avant de l'inhumer dans le caveau familial. Kiaki, le riche, laissait une veuve et une orpheline de six ans.

Une année après la mise en bière du pêcheur, jour après jour, par magie, tout son héritage se dissipa. Et la pauvreté revint dans la vie de Busafu, la veuve Kiaki.

Ce jour-là, revenant d'un voyage, la veuve fit la connaissance d'un étranger, Nsikulu, un joueur de cithare. Ils tombèrent amoureux et, sans perdre de temps, ils s'installèrent ensemble dans la maison de feu Kiaki.

Nsikulu avait été élevé par son grand-père décédé depuis bientôt vingt ans et dont il conservait encore le crâne. Avant de mourir, le grand-père avait prié ainsi son petit-fils :

— Tu attendras deux ans après mon inhumation, puis tu déterreras mes ossements et récupéreras mon crâne que tu ne quitteras plus jamais.

Nsikulu alla une nuit déterrer le squelette de son grand-père. Il retira le crâne avant de l'enfouir dans un sac en jute et ne le quitta plus. Il n'y avait rien que le jeune homme ne fît sans consulter au préalable le crâne. C'était ce dernier qui décidait de tout.

Un jour, Busafu, assise sur un petit tabouret en train de préparer le repas du soir, vit apparaître un chaton. « Miaou ! Miaou ! » fit la petite bête. La veuve, prise de compassion, recueillit le petit animal.

Le temps passa. Le chaton avait grandi, il était devenu un chat, qui voulait toujours être servi avant tout le monde. Et, quand il était insatisfait, quelle qu'en fût la raison, il cassait tout dans la maison. Pire encore, il faisait ses besoins partout. Parfois dans le lit du couple. Un véritable dictateur.

Ce chat, nommé Vakisi, avait des manières bien particulières. Il ne griffait jamais la veuve, ni la fille de la veuve, mais Nsikulu. Le pire, c'est qu'il s'incrustait parfois au milieu de leurs ébats intimes et lui lacérait la peau à l'aide de ses griffes. L'homme avait beau s'en plaindre, la veuve défendait toujours ce chat qu'elle prenait pour son « enfant ». Ainsi l'animal triompha-t-il de l'homme.

Conscient de l'amour qu'avait la veuve pour lui, le chat n'en faisait qu'à sa tête. Avec ses manières de chat, il traitait l'homme de lâche, lui crachait à la figure, l'insultait, le moquait. Vive le règne du chat !

Touché par le martyre que souffrait son petit-fils, le crâne décida de lui confier un secret :

— Tu sais, ce chat n'est pas un vrai chat. C'est l'esprit du défunt mari de ta concubine. La rage qu'il a envers toi n'est pas fortuite. Il t'en veut d'avoir pris sa femme.

— L'esprit de son mari dans ce chat ? s'étonna Nsikulu.

Voyant qu'il ne le croyait pas, son grand-père lui donna rendez-vous le lendemain à minuit au Fukila, petite grotte secrète où l'animal et la sorcière avaient coutume de se rencontrer. Cette nuit-là, Nsikulu quitta le lit conjugal sur la pointe des pieds et rejoignit le crâne de son grand-père. À pas feutrés, ils commencèrent à suivre le chat qui les conduisit droit à la grotte. Après s'être mis à couvert derrière un roc, ils observèrent la scène. Le chat faisait des incantations avec des gestes presque humains.

— Et moi qui le prenais pour un animal ! s'exclama bruyamment Nsikulu.

Quelques mois plus tard, le chat, ne supportant plus la présence du concubin de sa veuve, alla voir la sorcière. Il lui dit :

— Ma prêtresse, je voudrais que tu me remettes dans ma peau d'être humain.

— Pour quelle raison ?

— Je ne supporte plus ce joueur d'instrument chez moi.

— Serais-tu jaloux ?

— Oui. Sans cette peau de chat, il y a fort longtemps que j'aurais mis fin à ses jours.

— Ne t'en prends pas à cet homme, mais à ta femme. C'est elle qui lui a ouvert son cœur. Crois-tu qu'elle pense encore à toi ? Non. Dans son cœur, tu es devenu l'ombre d'un souvenir, un vieux souvenir.

— Ne dis pas ça ! Ça me fait mal. De toute façon, je connais ma femme.

— Là, tu as tout faux. Ils vont bientôt se marier.

— Se marier ? Jamais ! Je suis trahi ! Trahi ! Fais quelque chose pour moi !

— Que puis-je faire ?

— Remets-moi dans mon corps d'homme.

— Ce n'est pas une chose facile. Il me faudra remplacer un autre esprit humain dans la peau du chat que tu es. Tu dois sacrifier pour cela quelqu'un d'autre avec qui tu as des affinités familiales.

— Je n'ai personne dans ma vie, excepté ma femme et ma fille. Ne serait-il pas possible de sacrifier le concubin de ma femme ?

— Pour cela, il te faut l'accord de ta femme.

— Pourquoi ?

— Elle est liée à cet homme par les liens du cœur et du corps. Il te faut donc l'aide de ta femme.

— Comment est-ce possible ? Je ne possède pas le langage humain, tu le sais bien.

— Je te le prêterai.

Trois jours plus tard, la sorcière prêta au chat la parole humaine. L'animal put enfin parler comme un être humain. Il exultait.

Sous un doux soleil d'après-midi, la veuve, allongée sur sa natte, sentit à la lisière de son sommeil la présence de son félin. L'animal lui ronronnait son amour et son désir en se frottant contre son ventre. Elle ouvrit les yeux en souriant. Soudain, le chat lui dit avec une voix d'homme :

— Salut, ma petite femme. Comment te portes-tu ?

Un chat qui parle ? De mémoire d'homme, jamais on n'avait entendu pareille chose. La veuve se redressa en sursaut.

— Ne te pose pas trop de questions, ajouta le chat. C'est moi qui te parle, ton mari, Kiaki. Ça fait un moment que j'habite dans le corps de ce chat de gouttière.

La veuve passa de l'étonnement à l'ahurissement. Une foule de questions se pressaient dans son esprit, des questions auxquelles elle ne pouvait répondre. Impuissante, elle émit un petit sanglot douloureux. L'animal poursuivit :

— Mon amour, c'est pour nous que je me suis retrouvé dans ce chat, pour notre bonheur.

— Notre bonheur ? s'étonna la veuve d'une voix irascible. Tu n'étais pas obligé de passer un pacte avec une sorcière. Tous ceux qui ont fait fortune sur terre n'ont pas fait comme toi. Tu m'as laissé avec une enfant. Tu l'as abandonnée. La voilà obligée de vivre loin de son père !

— Tout cela peut être réparé, si tu me permets de redevenir humain.

— Quoi ! As-tu eu besoin de moi pour te métamorphoser en chat ? Pourquoi est-ce que tu me sollicites pour redevenir un humain ?

— Cela exige un sacrifice, un sacrifice humain.

— Tu ne vas tout de même pas me demander de prendre ta place !

— Non.

— Qu'est-ce alors ?

— Accorde-moi le droit de sacrifier l'homme qui est à tes côtés.

— Veux-tu parler de mon concubin ?

— Oui.

— Ne compte pas sur moi.

— Je t'aime, aide-moi.

— Non. Tu as choisi d'être un chat, tu n'as qu'à l'assumer. Sache une chose : tu n'as plus ta place parmi nous.

Le chat fondit en larmes aux pieds de sa veuve et s'en alla. Il avait décidé coûte que coûte de redevenir humain. C'est pourquoi, le lendemain, il alla chez la sorcière. Il lui fit croire que sa veuve lui avait accordé le droit de sacrifier son concubin.

Mais, à l'instant même où le chat et la sorcière élaboraient leur plan, le grand-père-crâne, dont l'oreille spirituelle pouvait capter les mots au-delà des distances, fit signe à son petit-fils et lui intima l'ordre de l'accompagner dans la forêt de Matensama. Ils s'arrêtèrent devant un arbre aux écorces épineuses.

— Écorce cet arbre, dit le crâne.

Nsikulu écorça l'arbre, puis ils regagnèrent le village. En cours de route, le crâne avait dit d'un temps solennel :

— Mon petit-fils, tu tiens là l'arme la plus redoutable contre les méfaits des sorciers. Nkasa, c'est son nom. Cette nuit, nous apprendrons à l'homme-chat le respect de sa parole. Voici ce que tu feras...

Et le crâne lui expliqua qu'il devait piler l'écorce de Nkasa jusqu'à en obtenir de la sève, qu'il cacherait soigneusement dans un coin, à l'abri, de même que les copeaux. La nuit, avant de retrouver le lit conjugal, il devrait boire la sève et se recouvrir le visage avec les copeaux.

— Maintenant, avait conclu le crâne, trouve-moi une abeille vivante.

Le petit-fils s'exécuta. Il captura une abeille, puis la donna au crâne, qui l'avala vivante.

Le soleil s'en alla, cédant son trône à la lune. Ce fut cette nuit que le chat et la sorcière avaient décidé de passer à l'acte : transformer en félin le petit-fils du crâne. Celui-ci avait suivi dans les moindres détails les indications de son aïeul avant de se glisser sous le drap à côté de sa bien-aimée, la veuve Kiaki. Il ferma les yeux et fit mine de ronfler, sachant que le crâne veillerait sur lui.

Le village dormait déjà. La nuit était à la lisière de l'aube quand, à quelques mètres de là, sous la table à manger, le chat rondit son dos, s'étira et miaula. L'heure venait de sonner. Il allait passer à l'acte. Il miaula pour la seconde fois – un miaulement déchirant qu'entendit Nsikulu, conscient que l'étau allait bientôt se resserrer sur lui. Il fit encore semblant de ronfler. Le chat, rassuré, s'introduisit dans la chambre du couple, monta sur le lit, leva sa patte gauche et griffa violemment la joue droite de l'homme. Voyant que Nsikulu ne réagissait pas

— Non.

— Qu'est-ce alors ?

— Accorde-moi le droit de sacrifier l'homme qui est à tes côtés.

— Veux-tu parler de mon concubin ?

— Oui.

— Ne compte pas sur moi.

— Je t'aime, aide-moi.

— Non. Tu as choisi d'être un chat, tu n'as qu'à l'assumer. Sache une chose : tu n'as plus ta place parmi nous.

Le chat fondit en larmes aux pieds de sa veuve et s'en alla. Il avait décidé coûte que coûte de redevenir humain. C'est pourquoi, le lendemain, il alla chez la sorcière. Il lui fit croire que sa veuve lui avait accordé le droit de sacrifier son concubin.

Mais, à l'instant même où le chat et la sorcière élaboraient leur plan, le grand-père-crâne, dont l'oreille spirituelle pouvait capter les mots au-delà des distances, fit signe à son petit-fils et lui intima l'ordre de l'accompagner dans la forêt de Matensama. Ils s'arrêtèrent devant un arbre aux écorces épineuses.

— Écorce cet arbre, dit le crâne.

Nsikulu écorça l'arbre, puis ils regagnèrent le village. En cours de route, le crâne avait dit d'un temps solennel :

— Mon petit-fils, tu tiens là l'arme la plus redoutable contre les méfaits des sorciers. Nkasa, c'est son nom. Cette nuit, nous apprendrons à l'homme-chat le respect de sa parole. Voici ce que tu feras...

Et le crâne lui expliqua qu'il devait piler l'écorce de Nkasa jusqu'à en obtenir de la sève, qu'il cacherait soigneusement dans un coin, à l'abri, de même que les copeaux. La nuit, avant de retrouver le lit conjugal, il devrait boire la sève et se recouvrir le visage avec les copeaux.

— Maintenant, avait conclu le crâne, trouve-moi une abeille vivante.

Le petit-fils s'exécuta. Il captura une abeille, puis la donna au crâne, qui l'avala vivante.

Le soleil s'en alla, cédant son trône à la lune. Ce fut cette nuit que le chat et la sorcière avaient décidé de passer à l'acte : transformer en félin le petit-fils du crâne. Celui-ci avait suivi dans les moindres détails les indications de son aïeul avant de se glisser sous le drap à côté de sa bien-aimée, la veuve Kiaki. Il ferma les yeux et fit mine de ronfler, sachant que le crâne veillerait sur lui.

Le village dormait déjà. La nuit était à la lisière de l'aube quand, à quelques mètres de là, sous la table à manger, le chat rondit son dos, s'étira et miaula. L'heure venait de sonner. Il allait passer à l'acte. Il miaula pour la seconde fois – un miaulement déchirant qu'entendit Nsikulu, conscient que l'étau allait bientôt se resserrer sur lui. Il fit encore semblant de ronfler. Le chat, rassuré, s'introduisit dans la chambre du couple, monta sur le lit, leva sa patte gauche et griffa violemment la joue droite de l'homme. Voyant que Nsikulu ne réagissait pas à la douleur, la bête avança le museau vers son nez pour capturer son esprit, mais il commit une grosse imprudence : sa langue effleura la peau recouverte de copeaux de Nkasa. Tout à coup, le chat s'immobilisa, et tout son corps se mit à tressauter. Le crâne du grand-père bondit sur la bête, lui soufflant l'abeille vivante dans les narines. L'insecte piqua le chat à plusieurs reprises.

Le chat, pris au piège, lâcha un miaulement guttural et déguerpit à toute vitesse de l'habitation de la veuve. Toute la maison se réveilla. On se questionna. On chercha à comprendre. On chercha le chat. Mais il demeura introuvable. Vakisi avait disparu.

Le crâne nous dit que l'esprit de cet homme, le mari de la veuve Kiaki, continue à vivre dans le corps du chat. Devenu chat sauvage, il vit maintenant au cœur des savanes et des forêts.

Alors, un jour, la veuve, qui avait gardé longtemps ce secret, décida de le livrer à son bien-aimé :

— Nsikulu, j'ai quelque chose à te dire...

Elle lui raconta l'histoire de son mari. À la fin, le concubin laissa échapper un sourire et lui dit :

— Je savais que ce chat était l'esprit de ton défunt mari.

— Comment l'as-tu su ? s'étonna la veuve.

— Le crâne me l'avait dit, enfin, mon grand-père.

— Quoi ? Ce crâne est ton grand-père ?

— Oui.

— Parle-t-il ?

— Bien sûr.

La veuve voulut en avoir le cœur net. Elle pria Nsikulu de faire parler son grand-père. Celui-ci, tenant à confirmer ses propos, supplia le crâne de dire un mot. Et le crâne parla pendant des heures, révélant des vérités cachées au fond des âges, d'ici et d'ailleurs. La femme n'en revenait pas. Nsikulu inspira un grand coup et conclut :

— Voilà, maintenant, tu sais tout.

Table

Présentation du peuple nsundi 9

Les contes :
Papillon-tête-de-diable 13
Le chat, la souris et le prince 19
L'enfant panthère 27
La reine Zowa 37
L'homme-arbre et la princesse 47
L'orphelin, l'oiseau et l'ogre 53
Le crâne 59

Structures éditoriales du groupe L'Harmattan

L'Harmattan Italie
Via degli Artisti, 15
10124 Torino
harmattan.italia@gmail.com

L'Harmattan Hongrie
Kossuth l. u. 14-16.
1053 Budapest
harmattan@harmattan.hu

L'Harmattan Sénégal
10 VDN en face Mermoz
BP 45034 Dakar-Fann
senharmattan@gmail.com

L'Harmattan Mali
Sirakoro-Meguetana V31
Bamako
syllaka@yahoo.fr

L'Harmattan Cameroun
TSINGA/FECAFOOT
BP 11486 Yaoundé
inkoukam@gmail.com

L'Harmattan Togo
Djidjole – Lomé
Maison Amela
face EPP BATOME
ddamela@aol.com

L'Harmattan Burkina Faso
Achille Somé – tengnule@hotmail.fr

L'Harmattan Côte d'Ivoire
Résidence Karl – Cité des Arts
Abidjan-Cocody
03 BP 1588 Abidjan
espace_harmattan.ci@hotmail.com

L'Harmattan Guinée
Almamya, rue KA 028 OKB Agency
BP 3470 Conakry
harmattanguinee@yahoo.fr

L'Harmattan Algérie
22, rue Moulay-Mohamed
31000 Oran
info2@harmattan-algerie.com

L'Harmattan RDC
185, avenue Nyangwe
Commune de Lingwala – Kinshasa
matangilamusadila@yahoo.fr

L'Harmattan Maroc
5, rue Ferrane-Kouicha, Talaâ-Elkbira
Chrableyine, Fès-Médine
30000 Fès
harmattan.maroc@gmail.com

L'Harmattan Congo
67, boulevard Denis-Sassou-N'Guesso
BP 2874 Brazzaville
harmattan.congo@yahoo.fr

Nos librairies en France

Librairie internationale
16, rue des Écoles – 75005 Paris
librairie.internationale@harmattan.fr
01 40 46 79 11
www.librairieharmattan.com

Lib. sciences humaines & histoire
21, rue des Écoles – 75005 Paris
librairie.sh@harmattan.fr
01 46 34 13 71
www.librairieharmattansh.com

Librairie l'Espace Harmattan
21 bis, rue des Écoles – 75005 Paris
librairie.espace@harmattan.fr
01 43 29 49 42

Lib. Méditerranée & Moyen-Orient
7, rue des Carmes – 75005 Paris
librairie.mediterranee@harmattan.fr
01 43 29 71 15

Librairie Le Lucernaire
53, rue Notre-Dame-des-Champs – 75006 Paris
librairie@lucernaire.fr
01 42 22 67 13